Dirección editorial: M.ª Jesús Gil Iglesias
Coordinación: M.ª Carmen Díaz-Villarejo

Título original: *I Want my Dummy*
Traducción del inglés: P. Rozarena

© del texto y las ilustraciones: Tony Ross, 2001
© Ediciones SM, 2002
    Joaquín Turina, 39 - 28044 Madrid

Comercializa: CESMA, SA - Aguacate, 43 - 28044 Madrid

ISBN: 84-348-8994-3
Depósito legal: M-33820
Impreso en España / *Printed in Spain*
Imprenta: RAIZ TG, SL - Gamonal, 19 - 28031 Madrid

¡Quiero mi chupete!

Tony Ross

ediciones sm
Joaquín Turina, 39 · 28044 Madrid

¡QUIERO MI CHUPETE!

—¿PERO TODAVÍA CON CHUPETE? —SE ASOMBRÓ
EL ALMIRANTE.

—¡A MÍ ME GUSTA! —DIJO LA PRINCESA.

—Esto sabe mucho mejor que un chupete —dijo
el cocinero.
—¡Ni hablar, nada de eso! —exclamó la princesa.

9

—¿DÓNDE ESTÁ MI CHUPETE?

—...¡QUIERO MI CHUPETE!

—¿Cómo ha podido subirse por la chimenea?

—¡NUNCA VOLVERÉ A PERDERLO!

—¿PERO DÓNDE ESTÁ MI CHUPETE?
¡QUIERO MI CHUPETE!

—¿POR QUÉ ESTÁ DEBAJO DEL PERRO? —PREGUNTÓ
LA PRINCESA.

—NUNCA MÁS VOLVERÉ A PERDER MI CHUPETE —DIJO
LA PRINCESA.

—NUNCA, NUNCA, NUNCA JAMÁS...

—¡Los ladrones han robado mi chupete!
¡Quiero mi chupete!

—¿Cómo ha podido caerse dentro del cubo
de la basura?

—SABE MEJOR DESPUÉS DE LAVARME LA CARA —INSISTIÓ
LA PRINCESA.

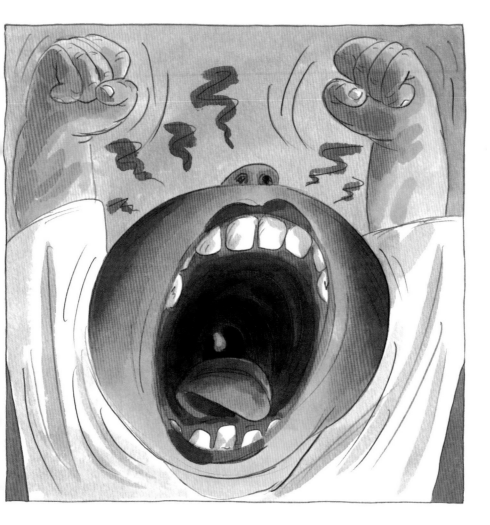

—¡Pero si otra vez ha desaparecido!
¡QUIERO MI CHUPETE!

—¿Cómo ha podido caerse en el lago?

—¡NUNCA MÁS VOLVERÉ A SOLTARLO! —ASEGURÓ
LA PRINCESA—. CON ESTA CINTA LO TENGO BIEN SUJETO.

—¿No eres ya muy mayor para seguir con
el chupete? —preguntó el primer ministro.
—¡No! —exclamó la princesa.

—¡LOS SOLDADOS NO USAN CHUPETE! —ASEGURÓ
EL GENERAL.
—LAS SEÑORITAS TAMPOCO USAN CHUPETE —AFIRMÓ
LA DONCELLA.

—BUENO, PUES YO SÍ. ¿Y QUÉ? —DECLARÓ
LA PRINCESA.

—¡ESE CHUPETE RESULTA RIDÍCULO! —COMENTÓ
SU PRIMO.

—ES VERDAD, ES RIDÍCULO —RECONOCIÓ LA PRINCESA—; PERO NO ES MÍO...

—...ES DEL OSO.